P.-J. Barbieux

Quelques mots sur les hémorrhagies de l'utérus après l'accouchement

Thèse présentée et publiquement soutenue à la Faculté de Médecine de Montpellier, le 29 Août 1838

P.-J. Barbieux

Quelques mots sur les hémorrhagies de l'utérus après l'accouchement

Thèse présentée et publiquement soutenue à la Faculté de Médecine de Montpellier, le 29 Août 1838

Réimpression inchangée de l'édition originale de 1838.

1ère édition 2024 | ISBN: 978-3-38509-478-9

Verlag (Éditeur): Outlook Verlag GmbH, Zeilweg 44, 60439 Frankfurt, Deutschland
Vertretungsberechtigt (Représentant autorisé): E. Roepke, Zeilweg 44, 60439 Frankfurt, Deutschland
Druck (Imprimerie): Libri Plureos GmbH, Friedensallee 273, 22763 Hamburg, Deutschland

QUELQUES MOTS

SUR

LES HÉMORRHAGIES DE L'UTÉRUS

APRÈS L'ACCOUCHEMENT.

THÈSE

PRÉSENTÉE ET PUBLIQUEMENT SOUTENUE

à la Faculté de Médecine de Montpellier , le 29 Août 1838 ;

PAR

P.-J. BARBIEUX ,

de Carcassonne (AUDE) ;

POUR OBTENIR LE GRADE DE DOCTEUR EN MÉDECINE.

MONTPELLIER ,

IMPRIMERIE DE VEUVE RICARD, NÉE GRAND.

1838.

aux mânes de mon père !!!

Regrets éternels !!!

A LA

MEILLEURE DES MÈRES.

Je ne pourrai m'acquitter envers toi qu'en
te consacrant toute ma vie.

A MES DEUX FRÈRES,

JULES ET ISIDORE BARBIEUX.

Union.

P.-J. BARBIEUX.

QUELQUES MOTS

SUR

LES HÉMORRHAGIES DE L'UTÉRUS

APRÈS L'ACCOUCHEMENT.

———

A ucun auteur jusqu'à ce jour ne s'était spécialement occupé des hémorrhagies utérines après l'accouchement, et des diverses formes sous lesquelles ce grave accident peut se présenter. Baudelocque est venu combler cette lacune, en publiant son traité sur les hémorrhagies internes de l'utérus.

Il est vrai de dire cependant qu'une espèce de ces hémorrhagies était parfaitement connue des anciens : je veux parler des pertes externes, quoique, d'après leurs ouvrages, l'on peut bien croire qu'ils aient observé souvent les hémorrhagies internes ; car Pline, Celse, Paul d'Égine, Rodericus de Castro et Fabricius-Hildanus nous parlent de concrétions volumineuses formées par des caillots sanguins dans l'intérieur de l'utérus, et donnant suite à tous les symptômes que les modernes ont reconnus dans les métrorrhagies.

Guillemeau, Paul Portal, Levret, ont parlé de l'accumulation du sang dans l'utérus, et lui ont donné le nom de perte interne.

Malgré l'accord unanime de ces auteurs pour constater l'existence de ces espèces de pertes, ils diffèrent beaucoup sur la question de savoir par quel ordre de vaisseaux se fait cette hémorrhagie. Chacun base ses raisons sur l'anatomie : je crois donc que ce serait ici le cas d'éclaircir ce point de la science ; mais il ne m'appartient nullement de soulever ce bandeau ; je laisse à d'autres le soin de remplir cette tâche un peu trop difficile pour moi, et je m'abstiendrai de me prononcer.

La plupart des auteurs qui ont écrit sur les hémorrhagies utérines désignent sous ce nom toutes les évacuations sanguines qui se font par le vagin, la vulve, hors le temps des règles. Cette définition, vraie le plus souvent, est parfois une grave erreur, car toutes les hémorrhagies de l'utérus ne se montrent

pas à l'extérieur. Ruysch, dans les nombreuses re-
cherches qu'il a faites à ce sujet, trouvant, à l'ouverture de plusieurs cadavres, une grande quantité
de sang épanché et coagulé dans l'intérieur, soit de
la matrice, soit de l'abdomen, a été conduit à croire
que ce fluide pouvait très-bien s'être répandu au
moyen des trompes ou par une rupture de la matrice.
Aussi cet auteur a consacré le nom d'hémorrhagie
utérine à tout flux de sang fourni par les vaisseaux
de la matrice, et se faisant à des époques indéter-
minées, soit que ce liquide sorte par le vagin, soit
qu'il s'amasse dans l'utérus, ou qu'il s'épanche dans
l'abdomen. Cette définition, préférable à la précé-
dente, ne me paraît pas cependant avoir toute la pré-
cision convenable; car il me semble que l'on pourrait
très-bien comprendre sous ce nom, et l'écoulement
des règles qui se fait d'une manière anormale, et
celui des lochies survenant immédiatement après l'accouchement. Mme Lachapelle me semble plus précise,
et sa définition l'emporte de beaucoup sur celles que
je viens de donner. Ce nom, dit-elle (hémorrhagies
utérines), doit être réservé à toute perte plus considérable que ne doivent être les lochies, et moins dis-
tante des couches que ne l'est ordinairement l'évacua-
tion menstruelle. Aussi adopterons-nous sa définition,
en ajoutant que cette perte peut être apparente ou
cachée.

Quant à la théorie de ces hémorrhagies, chacun
des auteurs que nous avons cités l'explique à sa ma-

nière. Les uns, faisant, avec raison, jouer un grand
rôle à l'inertie, ont prétendu, peut-être à tort, que
les vaisseaux de l'utérus se trouvant béants, le sang
s'en écoulait sans difficulté. D'autres pensent que la
distension de l'abdomen, pendant la grossesse, mettant
obstacle à la circulation du sang par la compression
des vaisseaux, et cette compression venant à cesser
brusquement après la sortie du fœtus, le sang tend
avec trop de rapidité à reprendre son cours; il se pré-
cipite avec force vers l'organe qui vient de se vider :
de là, accumulation dans ses vaisseaux, qui, n'étant
plus soutenus, ne peuvent retenir cet excès de fluide
et occasionnent une hémorrhagie.

Il peut y avoir du vrai dans ces deux différentes
manières de concevoir ce même phénomène, et ces
deux causes doivent contribuer fréquemment à un
résultat commun. Mais je crois que ces théories, entièrement mécaniques, n'embrassent pas tous les faits;
car les pertes utérines peuvent bien ne pas survenir
aussitôt après l'accouchement; et dans ces cas, assez
ordinaires, je serais porté à croire qu'elles peuvent
être sous la dépendance d'une irritation locale quelconque dont la cause nous échappe parfois, ou bien
encore sous l'action d'un mouvement fluxionnaire
général vers la matrice.

Ces deux modes d'envisager ce phénomène doivent
être d'un grand poids auprès d'un médecin appelé
pour donner ses soins dans une pareille maladie,
considérée à tort comme toujours la même. C'est ce

qui a fait établir aussi les deux grandes divisions
des hémorrhagies en actives et passives. Ces der-
nières sont les plus fréquentes après l'accouchement.
Ce ne sont pas là cependant les seules causes de métrorrhagie, et les vaisseaux utéro-placentaires ne li-
vrent pas toujours passage au sang. La rupture de
la matrice, sa déchirure, que diverses causes peuvent
occasionner, ont donné lieu, un assez grand nombre
de fois, à cet accident, pour que l'on doive les tenir
en ligne de compte. D'autres fois encore, ce sont les
dépendances supérieures de l'utérus qui ont été lé-
sées : alors l'épanchement sanguin a lieu dans l'intérieur de la cavité péritonéale. La rupture du col
utérin ou des parois du vagin, peuvent aussi donner
lieu à ce funeste état : l'accoucheur doit donc être
prémuni contre tout ce qui peut arriver, et ne pas
se laisser aller à une trop grande confiance, car la
malade pourrait succomber au moment où il s'y at-
tend le moins. Agir promptement et avec vigueur,
telle doit être sa règle de conduite.

CAUSES.

D'après la théorie que nous venons de développer
en peu de mots, je croirais que nous pouvons ratta-
cher les causes des hémorrhagies utérines aux points
suivants, qui peuvent exister seuls, et dont quelques-
uns peuvent se combiner chez la femme et agir avec
plus d'énergie.

D'abord je pencherais à croire qu'il peut exister, chez le sexe, un état tel, qu'il le prédispose à cet accident.

Pendant l'accouchement, l'utérus peut avoir été soumis à des causes qui ont amené un état de faiblesse, ou plutôt d'inertie.

Cet organe peut se trouver sous l'influence d'un molimen à lui propre, ou lié à un état fluxionnaire général.

Ces hémorrhagies peuvent dépendre d'un vice, soit de position, soit de conformation de cet organe ou de ses dépendances, ou bien encore d'une lésion physique ou mécanique.

1° Dans le premier ordre, que nous appellerons causes prédisposantes, nous rangerons l'usage habituel et immodéré des excitants, par les effets sympathiques qu'ils peuvent déterminer sur la matrice, surtout chez un sujet pléthorique; l'état de pléthore lui-même; une constitution molle, épuisée, lymphatique; un éréthisme trop grand de tout le système nerveux; car, chez les femmes douées de pareils tempéraments, on a observé, le plus souvent, que les menstrues sont beaucoup plus abondantes qu'il ne convient; nous y rangerons encore les cas où la femme, pendant la gestation, s'est trouvée sujette à une perte quelconque. Toutes ces causes, soit réunies, soit prises séparément, sont autant d'idiosyncrasies qui préparent, pour ainsi dire, les hémorrhagies après l'accouchement.

2° Une des causes principales que nous avons classées dans le second ordre, peut avoir beaucoup de rapport à la faiblesse de la femme; mais nous en parlons ici parce qu'elle s'appuie le plus sur l'état de la matrice, dépourvue de cette vigueur qui lui est nécessaire pour l'expulsion du fœtus, soit que cela résulte d'un vice congénère, si je peux m'exprimer ainsi, ou bien d'une maladie de cet organe occasionnée par une ampliation démesurée de la poche des eaux, ou bien encore de la présence de plusieurs fœtus beaucoup trop volumineux pour la capacité de la matrice. L'irritabilité de ce viscère occasionne parfois des contractions telles, que plus tard cet excès d'énergie momentané le fait tomber dans un collapsus qui ne lui permet point de revenir assez promptement sur lui-même, et d'éviter les conséquences de cette flaccidité.

Quelquefois cette faiblesse n'est que partielle, la résistance outrée du col utérin prolonge les douleurs, ne permet pas que le produit soit expulsé, et, dans ces cas, l'inertie de la matrice est le funeste résultat de l'épuisement de la femme. Le col utérin, resserré spasmodiquement après l'accouchement, peut empêcher la sortie du délivre et s'opposer encore au retour de la matrice sur elle-même; alors on voit se produire les mêmes effets que lorsqu'il se forme des espèces de loges par la constriction irrégulière de cet organe.

3° Les causes dont nous avons voulu nous entretenir dans cet ordre, tiennent à une irritation phlogistique fixée depuis long-temps sur cet organe ; elles annoncent une direction vicieuse du sang , une irritabilité extrême , ainsi que la faiblesse ; elles cachent, chez les femmes d'un certain âge, une maladie chronique de ces parties et une lésion des propriétés vitales des vaisseaux ; elles sont parfois symptomatiques des fièvres, des phlegmasies et des affections chroniques.

4° En dernier lieu , nous pouvons rappeler les hémorrhagies que nous avons attribuées aux vices, soit dans la position , soit dans la conformation de l'utérus et de ses dépendances , et occasionnées par l'entrainement du col utérin contre l'une des parois du vagin , et causant par ainsi la rétention des lochies, et bientôt après une perte considérable par distension forcée ; celles encore occasionnées par le renversement de l'utérus , par des tractions trop fortes sur le cordon lors de l'adhérence contre nature du délivre ; celles où les vaisseaux utérins sont devenus variqueux par des grossesses répétées à peu de distance , réservant pour notre dernier ordre toutes les lésions physiques de la matrice occasionnées de quelque manière que ce soit , la rétention du placenta , et le tamponnement pratiqué dans les cas d'hémorrhagie externe , lorsque leur trop grande abondance les contre-indiquait.

En résumant la division que nous venons de faire des causes des hémorrhagies utérines , il nous semblerait que ces pertes ont habituellement pour causes deux sortes d'actions différentes les unes des autres. En première ligne , nous devons placer une espèce

d'état fluxionnaire qui se fait vers cet organe , par
cela même qu'il est soumis pendant la grossesse à une
action vitale essentiellement énergique. Les autres
provoquent l'issue du sang hors des vaisseaux, et produisent les hémorrhagies externes. Les principales
et les plus dangereuses, en ce que le praticien ne peut
toujours bien les distinguer , sont celles qui re-
tiennent le sang dans l'intérieur, soit de l'utérus ou
de l'abdomen : ces causes sont la plupart du temps
mécaniques; aussi voit-on souvent une perte utérine
devenir externe ou interne indifféremment par la ces-
sation ou la réapparition de l'obstacle qui s'opposait
à la sortie du fluide.

De toutes les causes que nous venons d'énumérer,
celles, sans contredit , qui sont les plus graves et les
plus communes, sont celles qui agissent primitive-
ment en s'opposant au retour de la matrice sur elle-
même. L'inertie de cet organe laisse béants une foule
de vaisseaux qui permettent au sang de s'écouler avec
la plus grande facilité. Si à cet état vient se joindre
alors le séjour d'un corps étranger dans la matrice
ou le vagin , si une main inhabile voulait arrêter
l'hémorrhagie par le tamponnement, elle ne ferait
qu'accroître le mal , et l'ampliation successive de l'u-
térus en serait la conséquence. Cette distension qu'occasionnerait l'accumulation du sang ne ferait que
rendre de plus en plus béants les vaisseaux utérins ,
et accroître par ainsi la métrorrhagie qui s'opposerait
alors au retour de la matrice sur elle-même , par
cela qu'elle serait plus distendue.

SYMPTOMES.

C'est ici, je le crois, le moment de dire quelques
mots sur les hémorrhagies actives et sur les hémorrhagies passives.

On a désigné sous le nom d'hémorrhagies actives,
ces espèces qui sont occasionnées ou caractérisées par
l'exaltation de la vitalité ; elles affectent habituellement les femmes pléthoriques et irritables qui mènent
une vie molle et font usage d'aliments succulents ;
celles qui, après s'être trouvées exposées à une chaleur assez élevée, passent promptement à une température beaucoup plus froide.

Les affections vives et profondes, et mille autres
causes qu'il serait trop long de détailler, prédis-
posent à ce genre particulier d'hémorrhagie. Celles
qui se font à l'âge critique, ont lieu le plus souvent
par pléthore, mais avec caractère prononcé de débilité. Elles jettent plus promptement la femme dans
un état de marasme. Les pertes immodérées sont moins
sujettes à se reproduire par cela même qu'elles sont
plus abondantes : mais, comme le dit notre professeur
Lordat, elles sont soumises à des retours lorsqu'elles
sont subordonnées à des affections essentiellement in-
termittentes, ou à des effets médicamenteux expul-
sant périodiquement les produits de certaines dia-
thèses. Cela tient en partie à ce que chaque effusion

de sang détruit le plus ordinairement l'irritation qui
l'avait provoquée, et qu'il faut qu'un nouveau travail
physiologique et une nouvelle congestion aient eu le
temps de s'établir pour qu'elle puisse se reproduire.
C'est principalement sur les membranes muqueuses
des organes génitaux que l'on a remarqué ces espèces
de métrorrhagies ; car, dans ce lieu, les vaisseaux
sanguins rampent presque à nu en formant un réseau.
Ces hémorrhagies cèdent le plus souvent à une administration bien entendue du quinquina.

Par opposition, on a donné le nom de passives à
ces hémorrhagies qui paraissent dues à une dimi-
nution plus ou moins considérable des forces, ou
qui sont sans réaction, et qui surviennent chez les
individus débiles, quoiqu'elles soient accompagnées
quelquefois d'une iritation de la partie qui en est le
siége.

Ces espèces, très-fréquentes chez le sexe, ne sont
souvent que la suite d'une hémorrhagie active, et
peuvent se manifester à toutes les époques de lá vie,
surtout à l'âge critique. Elles affectent spécialement
les femmes faibles et cachectiques.

Pour établir les signes sensibles des hémorrhagies
utérines externes, je crois qu'il est peu de chose à
faire, puisque le sang s'écoule au dehors ; mais ce
n'est pas tout : il importe au praticien de ne pas
confondre une irruption de sang qui se fait hors des
parties génitales aussitôt après la sortie du fœtus,
avec une perte réelle et maladive. Car il arrive par-

fois que, soit pendant l'accouchement, soit pendant l'expulsion du délivre ou immédiatement après sa sortie, le sang est lancé avec tant de violence, que l'on pourrait facilement croire à un de ces accidents qui mettent la femme en danger ; mais le médecin doit se souvenir que ce phénomène peut se présenter lorsque le sujet est pléthorique et que l'utérus est abondamment fourni de vaisseaux. Si, dans ces cas, effrayé d'un danger qui n'existe nullement, l'on se hâtait de tamponner, alors, sans aucun doute, en retenant dans l'intérieur de l'utérus cette masse de liquide, on ne pourrait qu'empêcher cet organe de se contracter sur lui-même, et l'on occasionnerait par ce moyen l'accident que l'on veut éviter.

Si ces espèces d'hémorrhagies utérines externes sont actives, en nous rappelant ce que nous avons dit quelques lignes plus haut, nous verrons que la femme doit être douée d'une complexion forte et pléthorique. La température de son corps doit être élevée, la figure vultueuse, les yeux étincelants, le pouls redondant. La malade doit éprouver des douleurs ou plutôt des espèces de coliques vers la région lombaire : mais tous ces symptômes doivent bientôt cesser par l'effet seul de l'hémorrhagie, et l'utérus revient bientôt sur lui-même, preuve on ne peut plus palpable que cet accident ne dépend pas de l'inertie de cet organe.

Dans les hémorrhagies utérines passives, au contraire, la femme est faible, les douleurs de l'enfantement ont été longues et fatigantes, et l'on remarque facilement le défaut de contraction de la matrice ; le sang s'écoule comme en suintant le long des parois de cet organe : c'est ce qui a fait penser que l'écoulement sanguin avait lieu par le cordon ombilical, lorsque le placenta était comme retenu ; tandis que ce sang ne faisait que le suivre comme un simple conducteur.

Un des signes qui doivent faire soupçonner au praticien une hémorrhagie interne, et sur lequel il doit s'appuyer, est sans contredit l'augmentation de volume de la matrice qui conserve toujours malgré cela un état de mollesse. Cependant cette élévation pourrait fort bien résulter de l'accumulation des gaz dans les intestins. Une péritonite pourrait produire le même effet ; mais alors la percussion abdominale pourrait très-bien faire reconnaître la présence d'un liquide ou d'un gaz. La présence d'un nouveau fœtus ou d'un placenta volumineux pourrait en imposer si la forme bosselée de l'utérus ne rectifiait l'erreur. Mais un des signes contre lequel on doit se tenir le plus en garde, est sans contredit la suppression subite de l'écoulement lochial lorsqu'il a été très-abondant. Dans ces cas, la femme éprouve un malaise général qui va croissant ; elle pâlit, se sent faiblir de plus en plus ; les syncopes se succèdent ; la sueur couvre la face, la poitrine ; les extrémités deviennent froides ; le pouls perd de sa force, mais sa fréquence augmente, et l'on ne remarque plus ce globe utérin, signe pathog-

nomonique de la contraction de l'utérus. Il ne suffit
pas cependant, pour déclarer qu'il y a inertie de la
matrice, que cet organe semble mollasse sous la pres-
sion de la main de l'accoucheur; il faut encore, dit
M. Dugès, qu'elle ait un volume plus ample qu'elle
ne doit l'avoir après sa réduction ; qu'elle flotte pour
ainsi dire flasque, large et aplatie au-devant du ra-
chis, en s'élevant jusqu'au niveau de l'ombilic.

En réunissant tous ces divers signes, et se souve-
nant encore de la définition que nous avons donnée
de l'hémorrhagie, je pense qu'il est facile au praticien de la reconnaître, soit qu'elle puisse être externe
ou interne ; cependant il doit toujours ne pas se prononcer trop légèrement, car quelques circonstances
fortuites pourraient très-bien lui donner le change :
et quelle ne serait point alors sa responsabilité ! Il
doit se rappeler que certaines femmes peuvent être
sujettes à des lochies très-abondantes; qu'il se fait
parfois aussi, comme nous l'avons dit plus haut, au
moment même de l'accouchement, un écoulement
sanguin très-considérable ; mais que, dans ce cas,
il ne tarde pas à s'arrêter.

Mme Lachapelle a avancé que, dans des circonstances particulières, tous les symptômes peuvent faire
croire à une névrose, si l'on se contente d'un examen superficiel. Quelquefois encore le sang provient
d'une lésion des parties sexuelles externes qui ont été
endommagées par le passage d'un fœtus un peu trop
volumineux, ou par des manœuvres pénibles et ré-

pétées. Mais, dans tous ces cas, les accidents ne portent point ce caractère de gravité qui annonce les hémorrhagies utérines dont nous devons nous occuper. Cependant les craintes que tous ces accidents pourront déterminer chez le praticien, bien loin d'être nuisibles, ne seront qu'avantageuses pour la femme, car elles le forceront par ainsi à se tenir sur ses gardes. Il devra alors explorer l'abdomen avec le plus grand soin; et, dans ces cas, l'absence ou la présence du globe utérin lui indiquera presque avec certitude la marche qu'il doit suivre. Lorsque la trop grande distension de la vessie aura pu faire croire à cet accident, l'introduction d'une sonde ne tardera pas à dissiper cette crainte; et d'ailleurs les forces de la malade, qui paraissaient manquer, se relèvent bientôt peu à peu.

La distension du rectum par les matières fécales peut être aussi cause d'une hémorrhagie; dans ces cas, on doit administrer un lavement, et l'on voit cesser les accidents aussitôt que cet intestin aura été évacué.

Mais un cas excessivement grave, un cas où l'art ne peut presque rien, et qu'il est difficile de reconnaître, parce qu'un des signes qui nous avait guidé jusqu'ici vient induire en erreur par son existence, quoique le danger soit réel : c'est le cas où une rupture de la matrice a permis au sang de s'épancher dans l'intérieur du bas-ventre. Si, dans ces circonstances, l'on n'examine point avec beaucoup de soin, on n'hésitera pas d'affirmer qu'il n'est point de danger, et bientôt un funeste résultat viendra démentir votre assertion.

L'hémorrhagie utérine n'arrive parfois que quelques jours après l'accouchement; alors le praticien peut confondre cet accident avec d'autres maladies qui ont avec elle quelques ressemblances : l'examen attentif des organes génitaux fait cesser cette erreur passagère.

PRONOSTIC.

C'est avec raison que nous avons dit que , dans les cas d'hémorrhagies utérines, il convenait d'agir promptement et avec vigueur , car c'était toujours un accident des plus redoutables. Cependant l'on doit faire attention à la nature de la métrorrhagie ; car celles que nous avons appelées actives cèdent bien plutôt aux secours de l'art que les hémorrhagies passives : ce sont ordinairement les femmes pléthoriques et puissantes qui sont atteintes de cette espèce.

Le pronostic est toujours plus grave pour une perte interne que pour une perte externe. Les premières résultent le plus souvent d'un état d'inertie de la matrice, et par cela même le danger augmente à mesure que la femme perd une plus grande quantité de sang , et tous les moyens deviennent souvent inutiles.

Il ne faut pas croire pourtant que toutes les pertes sanguines , après l'accouchement , portent ce carac-

tère de gravité ; il n'en est point ainsi pour celles
qui résultent d'une simple dilacération du vagin ,
encore moins de la vulve.

Tout bien considéré, d'ailleurs, les femmes pléthoriques courent un moindre danger que celles d'une
constitution faible et détériorée. La richesse de leur
système sanguin leur permet de résister à des pertes
de ce fluide très-considérables. Chez les femmes faibles , au contraire , cet accident , quoique l'on soit
parvenu à s'en rendre maître , les expose à l'œdème ,
à l'anasarque , et laisse presque toujours après lui
des maux de tête opiniâtres et des douleurs lom-
baires quelquefois très-intenses.

TRAITEMENT.

Les agents thérapeutiques que le médecin doit
employer contre les hémorrhagies utérines , sont de
deux sortes : les uns doivent avoir pour but de les
prévenir , s'il y a possibilité ; les autres doivent y
remédier lorsqu'elles ont lieu. Ces diverses médica-
tions reposent sur les principes que nous avons déjà
émis en parlant des causes des pertes utérines et du
mécanisme par lequel elles s'effectuent.

Le meilleur moyen de les prévenir est, sans contredit, de se conformer aux règles de la plus sévère
hygiène. Il faut éloigner , autant que possible , des
femmes grosses toutes les exhalaisons qui pourraient

les impressionner de quelque manière que ce soit ; les
odeurs même les plus agréables peuvent leur être
nuisibles. Elles doivent éviter de s'exposer aux in-
tempéries de l'air ; un passage subit du chaud au
froid pourrait leur être funeste en occasionnant un
catarrhe pulmonaire. Les vêtements doivent être larges
et légers ; toute compression, même sur les membres,
doit être proscrite ; Madame Boivin cite l'exemple
d'une cuisinière chez laquelle un bas de peau de chien
occasionna des pertes utérines (p. 143) : l'usage des
bains tièdes leur sera recommandé ; on en prescrira,
au contraire, de froids aux personnes d'une constitution lymphatique ; mais on doit se garder de les plon-
ger dans l'eau subitement. Les purgatifs doux pourront être employés, mais avec réserve, le séjour des
matières fécales dans le rectum pouvant déterminer
une fluxion sanguine sur les parties qui l'avoisinent.

Hippocrate proscrit l'usage de la saignée chez les
femmes grosses, comme déterminant l'avortement.
Celse l'a combattu avec raison, et Mauriceau, long-
temps après lui, a reconnu que l'on pouvait en tirer
de très-bons effets lorsqu'elle était indiquée par la
constitution de la femme.

Un exercice modéré est toujours avantageux ; cependant il est des femmes auxquelles on ne doit en
permettre aucun, pas même la situation verticale.
Toute émotion vive, en un mot, qui pourrait occasionner du trouble dans l'économie, doit être évitée
avec soin.

Beaucoup de femmes, pendant la gestation, éprouvent de grands efforts de vomissement, sans en ressentir aucun mal : il n'en est pas ainsi de toutes ; on doit donc tâcher de les éviter. La saignée du bras a souvent réussi en pareil cas, non pas tant en supprimant ces efforts, mais en ce qu'elle agissait en diminuant la masse du sang, et par là le danger des congestions vers les parties génitales. On peut aussi soumettre la femme à l'usage des toniques.

Pendant le travail et après la délivrance, on doit faire des frictions sur le ventre, soit avec la main ou une flanelle sèche ou imbibée de quelque substance astringente.

Tels sont les moyens que l'on a jugés les plus convenables pour prévenir les hémorrhagies utérines, et dont nous avons cru devoir parler dans la première division de notre thérapeutique ; dans la seconde, nous devons apprécier les agents que le praticien met en usage pour calmer ou arrêter un accident qu'il n'a pu conjurer.

Favoriser le séjour du sang dans l'intérieur de l'utérus, tel est le précepte conseillé dans les premiers temps de la grossesse, lorsqu'il survient une perte assez considérable pour compromettre les jours de la femme. Si, dans ces cas, malgré tous les médicaments que l'on aura pu employer contre cette hémorrhagie, elle persistait toujours, il convient alors d'opposer une digue au cours du sang, et de se souvenir de ce précepte : le sang arrête le sang. Pour parvenir à ce but, le tamponnement offre de grands avantages ; nous parlerons plus loin des divers procédés que l'on a mis en usage pour cette opération.

Mais dans les derniers temps de la grossesse, on ne peut espérer de se rendre maître de l'hémorrhagie qu'en vidant la matrice : il faut alors faciliter la délivrance de la femme en déchirant la poche des eaux, favoriser les contractions de l'utérus en déprimant l'abdomen, tout en faisant les frictions dont nous avons parlé. Ambroise Paré est le premier qui a employé cette méthode. Lorsque la sortie du fœtus a eu lieu, si le placenta ne se détachait pas assez promptement et ne faisait point cesser le flux de sang, d'après le conseil de Mojon, il conviendrait d'injecter une certaine quantité d'eau froide par la veine du cordon ombilical. Si cette pratique ne produit aucun effet avantageux, elle ne paraît avoir au moins aucun résultat funeste. Enfin, l'emploi du seigle ergoté a été prescrit à la dose de dix à douze grains, lorsque l'on avait à craindre l'inertie.

Il ne faut pas trop se hâter pourtant, dans ces cas, d'opérer l'accouchement, car ces accidents ne résultent quelquefois que de l'insertion d'un des bords du placenta à une extrémité de l'orifice de la matrice ; l'on s'en apercevra facilement au caractère d'intermittence que prendra l'hémorrhagie, caractère parfaitement en rapport avec les dilatations utérines : elle cessera d'ailleurs aussitôt après que le bord placentaire aura été entièrement décollé.

Lorsque tous les moyens n'ont pu prévenir l'hémorrhagie après l'accouchement, le praticien doit suivre une toute autre méthode ; il doit s'abstenir avec le plus grand soin de toute saignée, malgré le caractère d'activité que pourrait présenter cet accident, car il ne ferait qu'augmenter par l'affaiblissement et l'anéantissement de la malade, et ne détruirait nullement le molimen hémorrhagique qui a lieu vers l'organe utérin. Cette manière d'agir ne pourrait être proposable qu'au début d'une perte peu considérable, et lorsqu'on a reconnu des signes évidents de pléthore. M. Dugès conseille, dans ces cas, l'usage des sédatifs, parce que, dit-il, ils sont susceptibles parfois de produire une espèce d'astriction, et qu'ils agissent contre l'écoulement et l'inertie.

La compression des membres, que l'on a proposée, peut être tentée aussi ; mais ce moyen nous paraît offrir des avantages très-douteux, pour ne pas dire nuls. Nous en dirons autant des vessies que l'on a introduites dans l'intérieur du vagin et de la matrice, pour la distendre autant que possible, et établir une compression interne sur l'orifice des vaisseaux ; car on n'a pas compris que c'était augmenter le mal en empêchant la matrice de se contracter et de revenir sur elle-même, et que l'on favorisait ainsi l'état d'inertie.

Si pourtant l'hémorrhagie tenait à une affection essentiellement nerveuse, une diète sévère, des toniques et l'usage de l'éther, pourraient détruire le spasme, ou tout au moins le calmer. On doit user de ce dernier médicament avec beaucoup de réserve, en le proportionnant à la gravité des cas, et sans exciter un mouvement fébrile qui renouvellerait le molimen.

Nous ne dirons rien des effets merveilleux de la transfusion, dont parlent quelques journaux anglais, d'après des médecins recommandables, quoiqu'ils paraissent autoriser ce moyen dans les cas de débilité extrême avec lipothymie presque permanente. Ces expériences ont besoin d'être encore renouvelées pour qu'on puisse les mettre en usage avec confiance. Toutefois cette pratique est très-dangereuse. La phlébite, dit M. Velpeau, peut en être la conséquence, quoiqu'on ait réussi d'abord. D'ailleurs, quel en serait le but? Au moment de la perte, elle n'empêchera pas le sang de couler : c'est donc pour remédier à l'anémie, à la vacuité des vaisseaux, à l'état de syncope ou de convulsion qui suivent trop souvent les hémorrhagies graves, qu'il est permis d'y songer. Reste à savoir si le sang d'une autre personne peut remplacer celui que la malade vient de perdre (pag. 553).

La compression de l'aorte abdominale peut rendre de grands services; elle suspend l'afflux du sang artériel, en attendant qu'on puisse mettre en pratique les moyens propres à rappeler les contractions de la matrice; mais elle doit être faite avec précaution, car on peut comprimer en même temps la veine-cave, et empêcher le retour du sang veineux.

Lorsque l'inertie de la matrice ne peut être attribuée qu'à sa trop grande distension, les effets du seigle ergoté sont alors très-salutaires; une amélioration notable se fait remarquer après l'administration de chaque dose. M. Villeneuve en a constaté les résultats. Il fait cesser promptement, dit-il, l'inertie, oblige la matrice à se contracter avec force pour détruire les adhérences du délivre, chasser le placenta et suspendre par suite l'hémorrhagie. M. Velpeau pense, au contraire, que, si le seigle ergoté peut être utile quand la perte est causée par l'inertie, ce n'est pas dans les cas graves, et qu'il ne faut guère compter sur lui que quand des métrorrhagies modérées se manifestent à une certaine distance de l'accouchement. Je crois qu'il est dans l'erreur, car des hémorrhagies survenues aussitôt après l'accouchement, et qui ont produit des syncopes très-prolongées par suite d'une perte considérable, ont cédé à l'administration bien entendue de ce puissant médicament. S'il n'agit pas dans quelques circonstances, c'est à cause de l'idiosyncrasie du sujet, ce qui se voit souvent pour les médicaments les plus héroïques; ou bien parce que l'on a craint de l'administrer à dose suffisante; ou bien encore parce que cet agent thérapeutique était détérioré. Comme on ne peut savoir si le cas auquel on a affaire est un de ceux rebelles à son action, le praticien agira prudemment en l'associant à l'usage de quelques autres moyens.

M. Chevreul a vu le seigle ergoté donner lieu à des contractions utérines très-vives, et amener la terminaison de l'accouchement en moins d'une heure, quoique l'orifice de la matrice ne fût dilaté que de la largeur d'une pièce d'un franc au moment où il l'employa ; c'est ce que rapporte Baudelocque dans son traité des hémorrhagies internes : deux fois, ajoute-t-il, j'en ai obtenu un résultat semblable dans des circonstances analogues, et l'on ne risquera rien de le mettre en usage à dose double ou triple de celle qu'on prescrit ordinairement. Cet auteur croit que le seul inconvénient que cette administration exagérée du seigle ergoté pourrait occasionner, est tout simplement son inefficacité, mais que les contractions qu'il peut déterminer seraient d'une grande utilité pour prévenir l'inertie dans laquelle cet organe viendrait à tomber.

L'emploi de la main est un des moyens on ne peut plus pratiques, et dont on retire tous les jours de grands résultats. Son introduction dans l'utérus est toujours indiquée, soit pour extraire le délivre ou des caillots, soit pour prévenir l'épanchement intérieur, et déterminer le retour de l'organe sur lui-même par les titillations que l'on pratique sur son orifice et sur ses parois internes. C'est d'ailleurs la seule manière d'apprécier justement le véritable état des choses, de reconnaître la source de l'hémorrhagie, et de savoir si elle n'est pas entretenue par des contractions spasmodiques ou par la déviation du col, par la présence du délivre, celle d'un caillot, et même par une déchirure ou une rupture de la matrice. C'est ainsi qu'en remédiant à quelques-uns des obstacles, on arrêtera une perte qui aura résisté à tout autre agent thérapeutique.

Il n'est pas de moyens que l'on n'ait tentés contre les hémorrhagies : les réfrigérants de toute espèce, soit en injections, soit en applications sur le ventre, les astringents, l'introduction d'un morceau de glace dans le vagin, etc. On en a obtenu quelques succès ; mais, en pareil cas, des réfrigérants employés sans ménagement ne sont pas dépourvus de danger ; ils peuvent devenir causes de métrite ou de quelque autre maladie inflammatoire des parties voisines.

On a prescrit des manuluves simples ou sinapisés, des sinapismes sur les membres supérieurs, de larges ventouses sur les seins, pour obtenir vers ces parties un mouvement fluxionnaire. On a vanté beaucoup tour à tour l'alun, la digitale, la glace; on a conseillé l'opium à de très-fortes doses. Tous ces moyens paraissent avoir réussi plus ou moins bien ; mais lorsqu'ils n'ont pu parvenir à arrêter une hémorrhagie, les praticiens conseillent alors d'avoir recours au tamponnement en désespoir de cause.

Malgré la variété des procédés employés pour son usage, le tampon doit être le dernier agent thérapeutique dont le médecin doive user, quoique la première idée qui a pu frapper les anciens en voyant couler le sang ait été sans contredit de boucher l'orifice du vagin et d'arrêter par là l'hémorrhagie. Demangeon s'est puissamment élevé contre cet usage, peut-être à tort, car cette ressource thérapeutique sera salutaire dans les mains d'un homme habile.

Chaque praticien emploie une méthode différente pour pratiquer ce tamponnement : les uns se contentent de remplir le vagin avec de l'étoupe, de la charpie, du vieux linge. D'autres roulent une ou plusieurs compresses qu'ils enfoncent jusque dans le col ; d'autres encore préfèrent une poche remplie de substances astringentes. Mais la méthode la plus généralement mise en usage, et qui me paraît offrir le plus d'avantages, est celle que nous allons décrire.

Après avoir préalablement introduit un linge imbibé de vinaigre jusque sur les parois internes de la matrice, on place à son orifice une compresse dont les bouts sortent du vagin, et l'on bourre ensuite cette compresse de charpie. On peut se contenter d'introduire seulement le linge imbibé de vinaigre. Ce moyen nous paraît l'emporter de beaucoup sur tous ceux que nous avons indiqués, en ce qu'il réunit tous les avantages du tampon sans en avoir les inconvénients, et qu'il remplace l'usage de la main par l'irritation permanente qu'il détermine sur la matrice qu'il ne distend pas comme le tampon ordinaire. Il doit être aussi préféré aux injections de substances astringentes de toute nature ; car, par cette méthode, le vinaigre est porté par le linge jusque sur les parois de la matrice sur lesquelles il agit immédiatement par l'expression, tandis que, par les injections, cet agent se trouve mêlé avec le sang, et n'offre point par ainsi tous les avantages que l'on pourrait en attendre.

SCIENCES ACCESSOIRES.

Donner la description des vers vésiculaires généralement désignés sous le nom général d'hydatides.

De tous les genres qui composent le groupe si nombreux des vers entozoaires ou parasites intérieurs, celui dont l'étude intéresse le plus le naturaliste et le médecin, est, sans contredit, le genre des vers vésiculaires vulgairement appelés hydatides. Car, tandis que la plupart des autres (*vermes intestinales*) séjournent dans les cavités même des organes creux d'où nous pouvons les expulser facilement par des médicaments anthelmintiques très-connus, les hydatides (*vermes viscerales*) (1) se développent toujours dans l'intimité même de nos organes, et échappent ainsi le plus souvent à tous les moyens que nous voudrions employer pour les détruire. De sorte que, jusqu'ici, la science n'a pu en constater la présence et les ravages que par l'autopsie du sujet qui les

---

(1) En considérant, comme Cruveilhier, le siége des entozoaires comme caractère essentiel de leur classification, le dragonneau, le strongle, l'hamulaire et la douve, qui ne sont pas vésiculaires, devraient cependant être confondus avec eux.

porte, et dont la mort ordinairement ne reconnait point d'autre cause (1).

Les hydatides n'ont pas toujours fait partie du règne animal. On les considérait autrefois comme des produits pathologiques non doués de vie développés dans les tissus. Ce ne fut qu'en 1686 que Hartmann soupçonna, dans ces simples kystes séreux, les caractères de l'animalité qui plus tard furent reconnus positivement et décrits de mieux en mieux par Redi, Zeder, Suttzer, Laënnec, Rudolphi, Brera, Bremser et M. le professeur Cruveilhier. Mais ces caractères sont encore si peu évidents et si peu nombreux, que certains naturalistes ont pu les nier aux hydatides véritables, et d'autres les attribuer à des corps tout-à-fait inertes. Ainsi, d'après Larrey, certains cysticerques ne seraient que des masses détachées de tissu cellulaire ; ainsi les acéphalocystes, à qui Laënnec veut donner une vie propre et indépendante, en sont-ils dépossédés par Bremser et Rudolphi ; ainsi le ditrachycère (2) de Suttzer et de Lamarck, et le diacanthoz de Stébel, sont-ils rejetés par Bremser et Cruveilhier au rang des substances organiques. Il

(1) Gerdy cite deux cas de guérison par le moyen d'une ponction capillaire, et Bremser plusieurs autres provenant de l'ouverture naturelle de la tumeur, ou de leur expulsion, comme dans les grossesses, d'hydatides en grappe.

(2) M. Lesauvage, professeur à Caen, l'a retrouvé dans les selles d'un malade.

en est de même de prétendus vers que les charlatans retirent des dents cariées, et que certains médecins rapportent aux hydatides. Aussi les entozoologistes, entre autres Bremser, ont-ils établi, pour tous ces êtres de la mystification et de l'erreur, une classe particulière, les *pseudohelminthes*.

On conçoit qu'en présence d'une pareille incertitude dans les opinions des savants spéciaux, il nous est entièrement impossible, à nous qui ne saurions avoir d'opinion sur des sujets si contestés, de résoudre d'une manière satisfaisante la question proposée. Dans notre impuissance, la seule chose que nous puissions faire, c'est de donner un aperçu rapide et très-imparfait sur l'état actuel de cette partie de la science helminthologique, ou plutôt de prouver uniquement que nous avons su prendre quelques notes.

Les hydatides ou vers (1) vésiculaires, répondant aux *vermes viscerales* de Linnæus, aux vers parenchymateux de Cuvier, aux sub-annélidaires de Blainville, et aux cystoïdes de Rudolphi, sont, d'après la définition de M. Cruveilhier, des vésicules libres, vivant d'une vie propre, et ne demandant à l'animal qui les porte, que le lieu, la chaleur et des produits exhalés qu'elles ont le pouvoir de s'assimiler. Ces

(1) Cette dénomination de vers est trop exclusive, car les hydatides tiennent autant de ces animaux que des zoophytes.

vésicules vivent, soit solitairement dans des kystes spéciaux, soit en société dans un kyste commun et en suspension dans le liquide qui le remplit. Zeder admettait l'adhérence de chacune d'elles aux parois du kyste, au moyen d'un pédoncule ; mais Bremser rejette cette opinion ou ne l'adopte que dans les cas de dégénération des hydatides.

On a distingué en elles deux parties principales, une vessie et un corps. La vessie caudale, découverte par Malpighi et Tyson, dont le volume varie de la grosseur d'une pomme (Félix Plater) à celle d'une graine de chènevis, et en raison inverse de celui du corps, est généralement globuleuse ou sphéroïde, quelquefois aplatie et allongée, plus rarement conoïde; elle est, à l'état vivant, remplie d'une eau limpide, et la membrane qui la forme est transparente. Pour la configuration du corps, il n'est guère possible d'assigner d'autre caractère commun aux différentes espèces, que celui d'un appendice tubuleux ou ovalaire, nu, allongé, déprimé, avec des rides transverses sur toute sa surface, que Reder prenait pour de véritables anneaux. L'animal peut se replier à volonté dans l'intérieur de la vessie, de la même manière qu'on retourne un bas. Il peut en exister plusieurs pour une seule vessie (polycéphale) et réciproquement (échinocoque). Si on l'examine au microscope, on remarque à son extrémité, tantôt un simple bourrelet, tantôt une véritable tête (Pallas et Goeze) assez semblable, dans les vrais vers vésiculaires, à celle des tænias armés, et, dans les autres genres, à celle des tricuspidaires. C'est un boursouflement globuleux terminé par une espèce de lèvre ou de trompe autour de laquelle sont fixés un ou deux rangs de crochets; plus bas, et à l'endroit du plus grand diamètre, sont des papilles ou suçoirs, au nombre de quatre, que Laënnec n'admet pas, et qui évidemment manquent chez quelques hydatides. La structure intime du corps est composée de trois tissus superposés, minces, lisses, transparents, et d'une consistance plus ou moins grande ; la vessie paraît n'être formée que d'un seul de ces tissus. L'intérieur du corps est généralement creux et ne représente qu'une sorte de sac n'ayant qu'une seule ouverture. Les seules fibres que l'on remarque sont quelques filets longitudinaux qui partent de la partie inférieure et interne de la vessie caudale, et vont, en s'épanouissant, se perdre vers la tête ; c'est sans doute à leur contraction que l'animal doit la faculté de replier son corps dans la vessie, ainsi que les hélices le font pour leurs tentacules. On n'aperçoit d'ailleurs ni système nerveux, ni vaisseaux.

On conçoit qu'avec une organisation si inférieure, la sensibilité doit être très-obtuse et les fonctions de relation très-restreintes chez les hydatides. Aussi les naturalistes ne leur accordent-ils guère qu'un sens du toucher tout-à-fait passif, et d'autres mouvements qu'une sorte de tremblement oscillatoire. La nutrition s'effectue, comme chez les animaux les plus inférieurs, sans élaboration et par une simple absorption des liquides environnants. La circulation et la respiration sont nulles ; de sorte que la seule condition que nous puissions assigner à l'existence de ces animaux, est d'être plongés dans un milieu humide qui entretienne la souplesse de leurs tissus.

Nous pourrions maintenant, abandonnant tous les détails si stériles mais si nécessaires d'une description, étudier une à une toutes les hypothèses que l'on a faites sur la reproduction et la génération de ces êtres : celle de Riolan et de Paul d'Égine, qui l'attribuent à des débris de tissu cellulaire vivifiés ; celle de Bremser, qui l'explique par l'emboîtement des germes, c'est-à-dire par l'existence des générations futures dans chaque mère hydatide ; enfin, celle de quelques autres naturalistes, Brera, par exemple, qui admettent une génération ovipare, et qui en font venir les germes du dehors, ce que justifieraient assez, et la ressemblance de ces parasites chez les divers animaux, et leur plus grande fréquence par des circonstances spéciales. Mais ces diverses hypothèses, quoique appuyées sur des faits, s'exécutent trop évidemment pour que nous puissions nous y arrêter ; d'ailleurs, notre devoir n'est pas de présenter une histoire complète de tout ce qui se rattache aux hydatides ; nous devons nous borner à citer les genres qui composent cet ordre d'entozoaires. Brera en admettait huit, mais la plupart ne sont que des pseudohelminthes, et doivent être éliminés. Les modernes en ont réduit le

nombre à cinq genres, qui même ne sont pas tous
bien constatés : 1° les cysticerques, qu'on reconnaît
aux caractères suivants : kyste extérieur simple, en-
veloppant un animal le plus souvent solitaire, vésicule
assez petite et transparente, corps presque cylindrique
ou déprimé, ridé, de 20 à 10 millimètres de long; tête
munie d'une trompe au sommet, et de quatre papilles ou
suçoirs à la base. D'après quelques-uns, le corps est
perforé, et, suivant d'autres, dépourvu de cavité, et
composé d'une substance parenchymateuse et homo-
gène. 2° Les polycéphales : corps allongé, cylindrique,
ridé ; vésicule commune à plusieurs corps ; quatre
suçoirs et deux rangs de crochets. 3° Le ditrachycère :
corps ovale comprimé, enveloppé d'une tunique lâche;
tête munie de deux appendices hérissés de poils rudes:
Bremser le regarde comme un pseudohelminthe, la
graine d'un végétal. 4° L'échinocoque : vésicule simple ou double, corps ovalaire très-petit, tête armée
d'un rang de crochets, point de suçoirs. 5° Les acéphalocystes, consistant en de simples vésicules sphé-
roïdes (splanchnocoque de Bremser) transparentes,
d'inégal volume, nageant dans un liquide albumineux,
et n'offrant d'autre caractère d'animalité que celui que
présentent les monades ou animaux rudimentaires,
réduits à la plus simple organisation; de sorte qu'on
peut dire que, si la vie est une de leurs attributions,
elle n'est que la première transformation de la matière
s'élevant à l'existence animale.

Il n'est pas toujours facile de soumettre à l'observation des hydatides à l'état de développement sous lequel nous les avons présentées. Ces animaux ont une vie très-courte qui ne dépasse guère une année; ils meurent avec le sujet qui leur servait d'asile, ou bientôt après leur expulsion. Alors le corps est enfoncé dans l'intérieur de la vésicule, au milieu de laquelle il forme un noyau. Si leur extraction est récente, on peut obtenir facilement leur extension par une immersion dans l'eau tiède. Si la mort les a frappés avant celle de l'animal porteur, la vésicule, d'après Bremser, est entièrement desséchée, et le ver se réduit en une masse calcaire dans laquelle il est impossible de reconnaître aucune trace d'organisation.

Pour se procurer des hydatides convenables, M. Cruveilhier conseille de nourrir pendant quelque temps un lapin, dans un lieu bas et humide, avec des aliments imprégnés d'humidité, et l'on trouvera, à l'ouverture de son corps, un grand nombre de ces parasites enveloppés d'un kyste séreux, et adhérant à divers points de l'épiploon.

ANATOMIE ET PHYSIOLOGIE.

Des caractères distinctifs du sperme. Comment parvient-on à constater la présence de ce fluide dans l'urine ?

Sécrété par les testicules, le sperme, au moment de son éjaculation, se trouve mêlé à la liqueur prostatique, et n'a pu être recueilli séparé d'elle que sur les animaux morts.

Le sperme a été examiné par Vauquelin, Jordan et John ; sa consistance varie selon le séjour qu'il a fait dans les vésicules séminales : muqueux, épais, à peine coulant, demi-transparent, jaunâtre parfois, ayant une odeur *sui generis ;* tels sont les caractères qu'il présente à l'œil nu. Celui qui sort par des émissions réitérées est mou, consistant, complètement blanc, et d'une odeur moins forte.

Avec le secours du microscope, on y trouve une grande quantité d'animalcules infusoires, que Raspail range parmi les cercaires, et que Prévost et Dumas croient exister dans le sperme de tous les animaux, mais avec des formes différentes. On les a regardés comme une condition essentielle de la fécondation.

Plus pesant que l'eau, et se divisant en filaments lorsqu'on l'agite; par l'effet du repos, il devient transparent et tout-à-fait coulant. Vauquelin a trouvé que le sperme qui a ainsi changé d'aspect, dépose des cristaux dont la formation n'est pas le résultat de l'évaporation, puisque ce phénomène a lieu lorsqu'on l'empêche de se faire.

Lorsqu'on évapore le sperme, il se couvre d'une pellicule qui devient peu à peu plus épaisse et qui contient de petits grains blancs regardés par Vauquelin comme du phosphate calcique. Si l'on chauffe le résidu, il se ramollit, jaunit, et répand une fumée jaunâtre qui exhale l'odeur de la corne brûlée.

Le sperme est dissous par tous les acides même les plus faibles; les alcalis le précipitent; la dissolution de chlore le rend épais, blanc et insoluble dans l'eau et les acides. Vauquelin a trouvé que 1000 parties de sperme étaient composées de 900 parties d'eau, 60 de mucilage animal, 10 de soude libre, 30 de phosphate de chaux; John y a trouvé des traces d'albumine se rapprochant du mucus, et une matière odorante volatile. Il paraît encore contenir une substance de nature particulière, *spermatine*, qui n'y est point dissoute, mais qui s'y trouve gonflée comme du mucus, et conserve long-temps après l'émission la propriété de se dissoudre dans l'eau.

M. Lallemand, dans son ouvrage sur les pertes séminales, donne pour caractères distinctifs de la présence du sperme dans l'urine, l'aspect troublé de celle-ci. Elles sont, dit-il, épaisses, d'une odeur fétide et nauséabonde, semblables à de l'eau dans laquelle des pièces anatomiques seraient restées long-temps en macération. En les transvasant lentement, on voit s'écouler un nuage floconneux, comme une

décoction d'orge très-épaisse : on distingue une matière glaireuse, filante et verdâtre, fortement adhé-
rente aux parois du vase.

M. Vigla dit que le sperme, chez l'adulte, peut
être reconnu dans l'urine à la présence des animalcules très-peu nombreux à la vérité ; mais ces caractères peuvent manquer dans l'urine des vieillards.
Alors on doit se rappeler que le sperme contient des
globules très-petits, et d'autres qui égalent les plus
gros globules muqueux : ce signe cependant n'a guère
de valeur.

Le même auteur (J. exp., p. 186), dans les expériences qu'il a faites à ce sujet, dit que si une
urine est acide et louche dans toute l'étendue de la
colonne du liquide, sans nuage isolé et sans dépôt ;
si, traitée par la chaleur et l'acide nitrique, elle
reste louche et sans le devenir davantage, ces caractères, indépendamment de l'odeur qu'exhalent les
urines lorsqu'on les évapore, ont une valeur réelle
pour faire croire à la présence du sperme ; car les
urines muqueuses qui présentent presque le même
aspect, les urines acides, s'éclaircissent au moyen
de la chaleur ; les urines albumineuses se coagulent,
et celles qui sont alcalines deviennent transparentes
traitées par l'acide nitrique.

SCIENCES MÉDICALES.

Effets sur l'homme de l'alimentation exclusivement animale.

Un fait physiologique, trop simple pour nécessiter une démonstration, est celui-ci : nos organes ont besoin que des matériaux puisés en dehors de notre économie leur soient appliqués, car l'exercice de nos fonctions entraîne des pertes continuelles que nous devons sans cesse réparer pour accroître et entretenir cet état de force qui fait la condition de notre vie.

L'air atmosphérique, auquel on a donné le nom de *pabulum vitæ*, est la nourriture par excellence, mais il ne suffirait pas à lui seul pour parvenir à ce but; aussi a-t-on été obligé d'avoir recours à d'autres substances, et l'on a donné le nom d'aliment à celles qui, introduites dans les voies digestives, sont aptes à apaiser la sensation de la faim, et à subir dans ces cavités des modifications qui leur permettent de s'assimiler à notre organisme pour compenser les pertes journalières dont nous avons parlé.

L'homme puise exclusivement ces aliments dans le règne organique; les végétaux et les animaux sont les seuls employés pour sa nourriture. On ne trouve dans le règne minéral que les condiments propres à l'assaisonnement de ces substances nutritives.

Les auteurs qui se sont occupés d'anatomie comparée, et les physiologistes en particulier, ont lou-

guement discuté pour savoir si l'homme était carnivore
ou herbivore. Mais toutes les preuves que chacun d'eux
a entassées, pour venir à l'appui de sa proposition,
n'ont abouti qu'à prouver qu'il tient le milieu entre
l'une et l'autre de ces espèces. Les philosophes eux-
mêmes, tant anciens que modernes, en ont fait une
question sociale. Les effets du climat, la nécessité,
les idées morales ou religieuses, les guident dans le
choix de ces alimentations différentes, et l'organisation humaine se prête merveilleusement à ces divers
genres de subsistance.

Les aliments, dès le moment même qu'ils sont
parvenus dans l'estomac, produisent leurs effets en
calmant la faim; mais ils ne pourront s'assimiler à
nos organes que lorsque, imprégnés de salive et de
suc gastrique, ils auront été soumis à un travail
digestif.

Les expériences que Gosse de Genève a faites sur
lui-même, par la facilité qu'il avait d'exciter les
vomissements en avalant de l'air, ont prouvé incon-
testablement que les aliments les plus faciles à digérer
étaient sans contredit ceux qui sont composés de principes solubles dans le fluide salivaire et le suc gastrique. Les expériences de M. Lallemand, chez les
individus affligés d'anus contre-nature, ne sont pas
moins concluantes, et ont prouvé que les substances
animales étaient plutôt digérées; et d'ailleurs la pré-
férence marquée des malades prouve qu'elles sont
aussi plus nutritives.

Cependant une alimentation exclusivement animale
finit par amener une pléthore, et par suite une pré-
disposition à toutes les maladies inflammatoires. L'a-
limentation végétale, au contraire, exerce une action
débilitante et prédispose aux affections catarrhales,
aux écoulements muqueux sans trace de phlogose.
Sous son influence, les fonctions sont ralenties, le
teint devient pâle et livide, les forces diminuent,
l'appareil circulatoire ne tarde pas à être affecté, et
alors rien de plus commun que de voir survenir les
engorgements glandulaires, les scrofules, les hy-
dropisies, etc.

L'aliment tiré du règne animal a pour base la
fibrine unie à une substance gélatineuse et à l'osma-
zome. La fibrine s'assimile avec une très-grande facilité et fait bientôt ressentir ses effets réparateurs.
Elle détermine, pendant le travail de l'assimilation,
un plus grand degré de chaleur que les substances
végétales, qui, ayant moins d'analogie avec la nature
de nos tissus, exigent des efforts plus considérables
de la part des puissances digestives.

Les chairs des animaux sont d'une digestion d'autant plus facile, que ceux-ci sont plus jeunes, et
cela se conçoit. La fibrine, chez les jeunes animaux,
a moins de consistance, et, de plus, elle est unie à
une assez grande quantité de gélatine qui en favorise
la division et rend la digestion moins pénible. C'est
à tort cependant qu'on a prétendu que la qualité ali-
mentaire résidait principalement dans la gélatine,

puisqu'elle est bien moins nutritive que la substance
albumineuse. D'après Virey, cette dernière, toute
animalisée, ne demande plus qu'un léger travail,
et qu'un plus grand degré d'organisation pour se
changer en fibrine. La gélatine, analogue au mucus
des animaux, exige un plus grand ouvrage d'assimilation, et demande une plus grande séparation d'hy-
drogène et de carbone.

Nous croyons qu'une alimentation variée est nécessaire à la conservation de la santé. Cette règle souffre
pourtant des exceptions ; car il est des peuplades
sauvages qui se nourrissent seulement de viandes, et
cependant les maladies causées par la pléthore sanguine ne sont pas plus fréquentes chez elles que
parmi nous. Je crois que nous devons constater ici
l'effet de l'habitude qui, dans certaines circonstances,
modifie à un tel point l'économie de l'homme, qu'elle
semble le soustraire aux lois générales de la nature
pour en faire un être exceptionnel.

L'alimentation exclusivement animale aura une action différente, selon les divers points du globe :
utile, nécessaire même pour l'habitant du nord, qui
a besoin d'excitation interne pour lutter contre la
rigueur du climat ; elle est pour le méridional la
source d'une foule de maladies. Son action tonique
et nutritive agit trop vivement et détermine un degré
d'excitation qui ne peut se prolonger sans donner
naissance à des lésions du tube digestif ; car déjà
dans un milieu aussi excitant par lui-même, toute

la muqueuse intestinale a une tendance à de pareilles lésions. Sous l'influence de cette alimentation, le cours de la circulation est activé, la face se colore, le corps se développe, acquiert de l'embonpoint ; la vigueur, l'énergie se joignent à une exaltation des facultés intellectuelles ; les désirs vénériens se font sentir vivement ; le besoin d'exercice est nécessaire. Jusque-là rien d'anormal, les fonctions s'exécutent bien, les nuits sont tranquilles. Mais bientôt les digestions deviennent difficiles, le sommeil est agité, des maux de tête se font sentir ; la rougeur de la peau, le gonflement des vaisseaux sanguins superficiels, la tendance aux hémorrhagies, tous les symptômes qui caractérisent la pléthore sanguine, ne tardent pas à se manifester.

Il est digne de remarque que toutes les maladies nées de la nature des aliments portent particulièrement sur la peau, preuve évidente de la sympathie qui l'unit au canal intestinal.

FIN.

FACULTÉ DE MÉDECINE
DE MONTPELLIER.

PROFESSEURS.

MM. CAIZERGUES, Doyen, *Présid.* Clinique médicale.
BROUSSONNET, *Suppl.* Clinique médicale.
LORDAT. Physiologie.
DELILE. Botanique.
LALLEMAND. Clinique chirurgicale.
DUPORTAL. Chimie.
DUBRUEIL. Anatomie.
N........ Pathologie chirurgicale.
DELMAS. Accouchements.
GOLFIN. Thérap. et matière médic.
RIBES, *Exam.* Hygiène.
RECH. Pathologie médicale.
SERRE. Clinique chirurgicale.
BÉRARD. Chim. médic.-générale et Toxicol.
RENÉ. Médecine légale.

RISUEÑO D'AMADOR. Path. et Thér. génér.
ESTOR. Opérations et Appareils.

PROFESSEUR HONORAIRE.

AUG.-PYR. DE CANDOLLE.

AGRÉGÉS EN EXERCICE.

MM.	VIGUIER, *Suppl.*	MM.	FAGES.
	KUHNHOLTZ.		BATIGNE.
	BERTIN.		POURCHÉ, *Examin.*
	BROUSSONNET.		BERTRAND.
	TOUCHY, *Examin.*		POUZIN.
	DELMAS.		SAISSET.
	VAILHÉ.		
	BOURQUENOD.		

La Faculté de Médecine de Montpellier déclare que les opinions émises dans les Dissertations qui lui sont présentées, doivent être considérées comme propres à leurs auteurs; qu'elle n'entend leur donner aucune approbation ni improbation.